WordBooks
Libros de Palabras

Neighborhood
El Barrio

by Mary Berendes • illustrated by Kathleen Petelinsek

A note from the Publisher:

In general, nouns and descriptive words in Spanish end in "o" when referring to males, and in "a" when referring to females. The words in this book reflect their corresponding illustrations.

The Child's World

Published in the United States of America by The Child's World®
1980 Lookout Drive • Mankato, MN 56003-1705
800-599-READ • www.childsworld.com

Acknowledgments
The Child's World®: Mary Berendes, Publishing Director
The Design Lab: Kathleen Petelinsek, Design and Page Production

Language Adviser: Ariel Strichartz

Library of Congress Cataloging-in-Publication Data
Berendes, Mary.
  Neighborhood = El barrio / by Mary Berendes;
illustrated by Kathleen Petelinsek.
    p. cm. — (Wordbooks/libros de palabras)
  ISBN 978-1-59296-993-7 (library bound : alk. paper)
  1. Neighborhood—Juvenile literature. I. Petelinsek, Kathleen.
II. Title. III. Title: Barrio. IV. Series.
  HM761.B47 2008
  307.3'362—dc22   2007046569

park
el parque

gazebo
el quiosco

trees
los árboles

kids
los niños

grass
el césped

slide
el tobogán

playground
el patio de recreo

path
el camino

bike
la bicicleta

3

store
la tienda

streetlight
el farol

windows
las ventanas

awning
el toldo

Leo's Market

OPEN

sidewalk
la acera

door
la puerta

chimney
la chimenea

roof
el techo

attic
el desván

living room
el salón

apartment
el apartamento

bathroom
el baño

COME BACK SOON!

Leo's Market

fruit
la fruta

Lemons

2/$1

Oranges

grocer
el tendero

5

police station
la comisaría

flag
la bandera

POLICE
STATION

police
car
el coche
de policía

light
el faro de
destello

POLICE

6

table
la mesa

chair
la silla

computer
la computadora

desk
el escritorio

badge
la placa

police officer
el agente de
policía

7

fire station
la estación de bomberos

STATION 44

ladder
la escalera

siren
la sirena

fire hydrant
la boca de incendios

dog
el perro

fire truck
el coche de bomberos

8

fire pole
la barra de descenso

bunk beds
las literas

potbelly stove
el horno de leña

garage door
el portón del garaje

firefighter
la bombera

9

city hall
el ayuntamiento

CITY HALL

bunting
la guirnalda
conmemorativa

columns
las columnas

steps
las escaleras

map
el mapa

office
la oficina

microphone
el micrófono

podium
el atril

mayor
el alcalde

school
la escuela

sun
el sol

clock
el reloj

ELEMENTARY SCHOOL

student
la estudiante

12

bell
la campana

chalkboard
la pizarra

desks
los pupitres

classroom
el aula

cat
el gato

2 + 2 = 4

globe
el globo
terráqueo

books
los libros

backpack
la mochila

teacher
el maestro

13

bank
el banco

sign el letrero

FIRST NATIONAL BANK

flowers las flores

ceiling fan
el ventilador
de techo

safe
la caja fuerte

VAULT

money
el dinero

teller
la cajera

customer
la cliente

15

restaurant
el restaurante

ANNA'S KITCHEN

waiter
el camarero

menu
la carta

patio
el patio

ANNA'S KITCHEN

dining room
el comedor

tables
las mesas

cash register
la caja registradora

chef
la chef

17

hospital
el hospital

MEMORIAL HOSPITAL

EMERGENCY ROOM

emergency room
la sala de urgencias

ambulance
la ambulancia

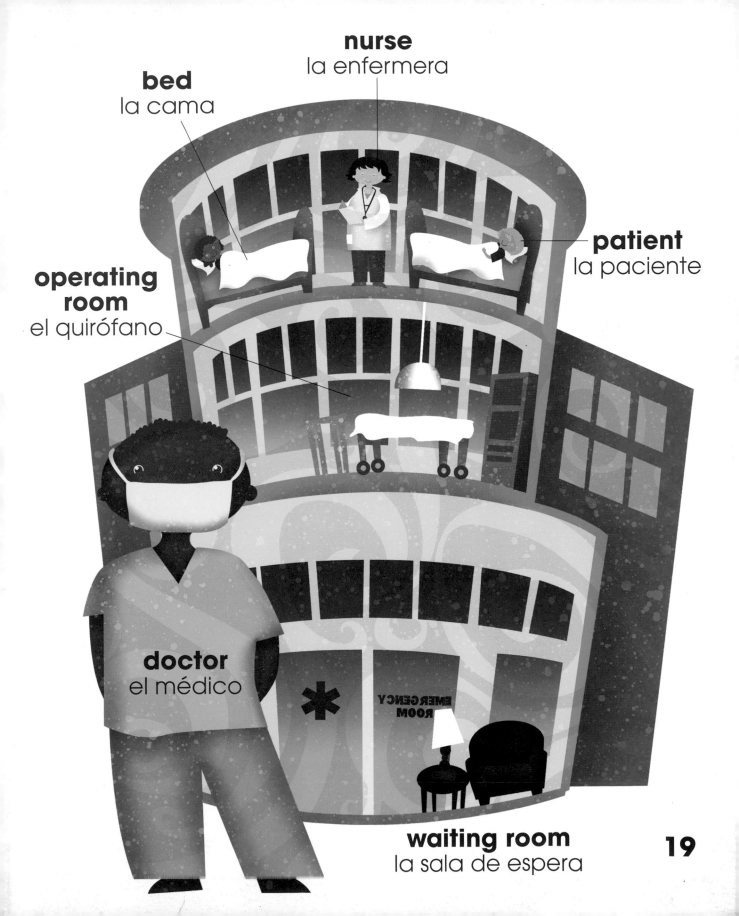

bed
la cama

nurse
la enfermera

patient
la paciente

operating room
el quirófano

doctor
el médico

waiting room
la sala de espera

19

library
la biblioteca

PUBLIC LIBRARY

books
los libros

librarian
la bibliotecaria

plant
la planta

shelves
los estantes

armchair
el sillón

table
la mesa

21

neighborhood
el barrio

fire station
la estación de bomberos

city hall
el ayuntamiento

street
la calle

Leo's Market

OPEN

store
la tienda

houses
las casas

school
la escuela

bank
el banco

PUBLIC LIBRARY

ELEMENTARY SCHOOL

FIRST NATIONAL BANK

library
la biblioteca

ANNA'S KITCHEN

ANNA'S KITCHEN

park
el parque

restaurant
el restaurante

23

sidewalk
la acera

word list
lista de palabras

ambulance	la ambulancia	houses	las casas
apartment	el apartamento	kids	los niños
armchair	el sillón	ladder	la escalera
attic	el desván	librarian	la bibliotecaria
awning	el toldo	library	la biblioteca
backpack	la mochila	light (on police car)	el faro de destello
badge	la placa	living room	el salón
bank	el banco	map	el mapa
bathroom	el baño	mayor	el alcalde
bed	la cama	menu	la carta
bell	la campana	microphone	el micrófono
bike	la bicicleta	money	el dinero
books	los libros	neighborhood	el barrio
bunk beds	las literas	nurse	la enfermera
bunting	la guirnalda	office	la oficina
	conmemorativa	operating room	el quirófano
cash register	la caja registradora	park	el parque
ceiling fan	el ventilador de techo	path	el camino
chair	la silla	patient	la paciente
chalkboard	la pizarra	patio	el patio
chef	la chef	plant	la planta
chimney	la chimenea	playground	el patio de recreo
city hall	el ayuntamiento	podium	el atril
classroom	el aula	police car	el coche de policía
clock	el reloj	police officer	el agente de policía
columns	las columnas	police station	la comisaría
computer	la computadora	potbelly stove	el horno de leña
customer	la cliente	restaurant	el restaurante
desk (large)	el escritorio	roof	el techo
desks (for students)	los pupitres	safe	la caja fuerte
dining room	el comedor	school	la escuela
doctor	el médico	shelves	los estantes
dog	el perro	sidewalk	la acera
door	la puerta	sign	el letrero
emergency room	la sala de urgencias	siren	la sirena
fire hydrant	la boca de incendios	slide	el tobogán
fire pole	la barra de descenso	steps	las escaleras
fire station	la estación de bomberos	store	la tienda
fire truck	el coche de bomberos	street	la calle
firefighter	la bombera	streetlight	el farol
flag	la bandera	student	la estudiante
flowers	las flores	sun	el sol
fruit	la fruta	table	la mesa
garage door	el portón del garaje	teacher	el maestro
gazebo	el quiosco	teller	la cajera
globe	el globo terráqueo	trees	los árboles
grass	el césped	waiter	el camarero
grocer	el tendero	waiting room	la sala de espera
hospital	el hospital	windows	las ventanas